AF466908

LETTRE
D'UN
AMATEUR DE L'OPERA
A M. DE ***,

Dont la tranquille habitude est d'attendre les évenemens pour juger du mérite des projets.

5612

A AMSTERDAM,

Et se vend A PARIS,

Chez COUTURIER pere, Imprimeur-Libraire, aux Galeries du Louvre.

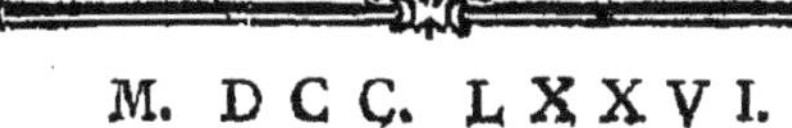

M. DCC. LXXVI.

Bibliothèque Royale
9914

AVERTISSEMENT.

AH ! *que c'eſt bête !* * a paru ; on dira peut-être de nos idées *ah ! que c'eſt mal vu !* ou bien *ah ! que c'eſt inutile !* peut-être même ajoutera-t-on *ah ! que c'eſt bête !* qui ſait ? en tout cas cette idée ne viendra pas de nous ; & je prie d'avance l'Auteur d'*ah ! que c'eſt bête !* de mettre ce plagiat abſolument ſur le compte du public. Les gens après cela ſourient à la ſubtilité de leur jugement ; ſe careſſent le menton, ou relevent, avec un grand contentement d'eux-mêmes, *leurs jabots*, & s'en vont en laiſſant le Livre, ou la Brochure qu'ils ont eu le mérite de juger tout de ſuite ſur le titre, & ſans ſe mettre en peine du reſte de l'Ouvrage.

* Petite Brochure nouvelle.

D'autres veulent que tout ſoit *court* ; mais très-*court* dans les livres, & les Brochures, & bornent à cet article toute la ſagacité de leur jugement : voici pour eux.

En ſomme, l'Amateur de l'Opéra avoit rédigé par écrit ſes idées ſur les moyens de ranimer le zele de la Nation pour ce Théatre, & de parvenir à une réforme efficace des abus qui en écartoient de jour en jour le public. Comme nous allions mettre cet Ouvrage à la cenſure, un très-beau réglement a paru ; nous en parlerons à la fin de nos Notes ; dans le corps de l'Ouvrage nous marquons auſſi les articles du Réglement qui a déja rempli une partie de nos ſouhaits. Mais comme le Réglement n'embraſſe pas l'enſemble de nos moyens propoſés, & que *le fond* de notre projet n'eſt point entamé, c'eſt ce qui nous a déterminé à perſiſter dans la réſolution de ſoumettre le réſultat de nos idées, & de nos moyens à la cenſure, ou au ſuffrage public par la voie de l'impreſſion. Ce projet ſe réduit pour les *Brevimaniaques* de nos jours aux ſimples réflexions ſuivantes.

Tout Spectacle public n'eſt *brillant* & *intéreſſant*, que par le *concours*, & l'*affluence* du Public; donc il s'agit d'attirer, & de fixer à ce Spectacle le Public.

Pour y réussir, *il faut des moyens*. Or, qui indiquera ces moyens? le seul Public. Donc en second lieu il faut consulter ce Public, & il est le seul maître aussi en matiere de goût, de jugemens, de suffrage & de censure, digne d'être écouté, & de montrer aux talens de tous genres les routes de la gloire, & les secrets qui y conduisent; il n'y a que lui qui posséde ces secrets là, qui sont difficiles, & qu'il aime cependant assez à communiquer.

Mais dans notre espece, où les communiquera-t-il? voilà le *hîc*. Avons-nous trouvé le lieu convenable, le seul même où il soit dans le cas de les révéler? c'est ce que le Public nous apprendra. En attendant qu'il joigne ses réflexions aux nôtres, nous indiquons le magnifique emplacement & la superbe enceinte du Colisée (*a*). Voilà

(*a*) *Voyez la note premiere de M. de la Harpe sur son Éloge de M. Racine. Ses desirs sont conformes à ceux de tous les Gens de Lettres, & peut-être sera-t-il avec eux tous de notre avis sur le projet que nous agitons.*

pour ceux qui aiment de *courtes expoſitions, & que tout ſoit dit en peu de mots*; peut-être en avons-nous encore trop dit pour ces gens-là. Mais qu'y faire? Un Ancien, dont l'autorité eſt d'un très-grand poids, ſe moquoit sûrement des *Brevimaniaques* de ſon ſiecle comme du nôtre, quand il donnoit ce beau précepte: *A force de travailler à être court, je finis par n'être plus entendu.*

Nota. A l'occaſion de notre projet, nous traitons auſſi, dans les notes ſur-tout, de quelques particularités des autres Théatres de cette Capitale; des dégoûts donnés tant aux Gens de Lettres, qu'aux bons Muſiciens, & des vœux qu'ils doivent faire avec nous pour l'adoption de moyens qui tendroient à l'intérêt général & à la gloire de tous.

LETTRE
D'UN
AMATEUR DE L'OPERA
A M. DE ***,

Dont la tranquille habitude est d'attendre les évenemens pour juger du mérite des projets.

C'EST une vérité d'expérience journaliere, Monsieur, que les vues les plus sages, & les meilleurs projets sont toujours exposés à être contredits, & que si avant d'entreprendre, on se proposoit de réunir tous les suffrages, & de parer à toutes difficultés, il ne seroit jamais possible de rien résoudre ; aussi ne me suis-je pas flatté d'être au deſſus de la contradiction, & de ne vous laiſſer rien à deſirer, quand j'ai mis par écrit les idées dont je vais vous rendre compte, & au public, ſur les moyens qui m'ont paru les plus efficaces pour détruire les abus, qui, depuis plus de cinquante ans, précipitoient l'Opéra vers ſa ruine, & ont enfin excité le zele d'une Compagnie reſpectable pour la réformation de ces abus, & la reſtauration de l'un de nos plus magnifiques Spectacles.

Ce qu'il m'eſt permis d'avancer, c'eſt que depuis quinze ans environ, j'ai lu à peu près par forme de délaſſement de mes autres occupations, tout ce qui a été remarqué, relevé & propoſé pour atteindre cette indiſpenſable réforme, ſoit dans les Journaux, les Gazettes étrangeres, les Préfaces des Auteurs, ſoit dans des Brochures, & dans tous les Mémoires & Ecrits particuliers, qui, récemment ont inondé le Public, contre les vices de l'adminiſtration de la Comédie Françoiſe; & aucuns de ces Ecrits, Journaux & Mémoires ne m'ont ſatisfait en indiquant des reſſources *auſſi sûres* que de facile *exécution*; car ce ſont là deux qualités eſſentielles à tous projets qui ont pour but des améliorations quelconques; il faut *sûreté* dans les moyens imaginés pour réuſſir, & *facilité* d'exécution: vous jugerez donc, Monſieur, par l'expoſition de mes idées, ſi elles renferment elles-mêmes ces deux qualités préalables : commençons.

PREMIERE RÉFLEXION.

Pour jetter ſur la matiere que je me diſpoſe à traiter toute la clarté poſſible, & ne confondre aucuns des objets diſtincts qui naturellement doivent faire claſſe particuliere, ma méthode va conſiſter à les faire, en quelque ſorte, dériver les uns des autres, & à en préſenter une ſommaire diſcuſſion en autant d'articles, que nous qualifierons du titre général de réflexions.

Et d'abord, qu'étoit l'Opéra à ſa naiſſance parmi nous ? Quel fut la forme de ſon gouvernement, & quel genre de procédés étoient-ils employés pour ſon ſuccès ?

De ſemblables queſtions ne ſont nullement étrangeres ici ; lorſque les commencemens de tout établiſſement quelconque ont été heureux, il convient de rechercher les traces des vices qui ont altéré ſes ſuccès, & de puiſer ſouvent dans la comparaiſon des procédés, le remede, ou les moyens de faire diſparoître ces vices.

Il ſeroit inutile de reprendre l'hiſtoire de l'Opéra ; elle eſt écrite, comme celle de nos autres

BIBLIOTHEQUE ROYALE

Spectacles, dans biens des Livres, & des Calendriers.

Ce qu'il est uniquement important de rappeller, c'est que le privilege exclusif en fut accordé à Lulli seul; que Lulli seul en avoit la direction suprême pour toutes les parties; ainsi Moliere avoit celle de la Comédie Françoise; en un mot, c'est que Lulli, comme Moliere, étoit homme de génie; homme dont le coup d'œil sûr embrassoit en grand tout ce qui étoit nécessaire pour amener & fixer le Public à son Spectacle, talens essentiels qui avoient manqué à Perin, prédécesseur de Lulli; c'est que l'autorité souveraine & législative de ce dernier s'étendant à tous les détails, & à tous les ressorts d'une machine aussi compliquée, n'étoit, sous le bon plaisir du Roi, balancée ni contredite par personne; Lulli la poussoit même jusqu'à donner des coups de pieds dans le ventre d'une Actrice dont les goûts, & les plaisirs ne contribuoient pas à augmenter ceux du Public, & à casser un violon sur la tête d'un *Concertant* de l'Orchestre, ou trop paresseux pour jouer la musique écrite, en lui substituant des notes, ou des airs de fantaisie, ou malveuillant, & se proposant de nuire aux succès, & à la gloire de la musique du Maître. Nous ne citons pas à la vérité ces deux traits connus de tout le monde, comme des modeles dignes de figurer avec la politesse & l'urbanité de nos mœurs; mais peut-être ne seroit-il pas inconséquent d'assurer qu'avec moins d'autorité, & d'empire sur la multitude des subalternes obligés de concourir à la perfection de toutes les parties d'un Opéra, pour l'exécution brillante duquel il faut un peuple de sujets, Lulli n'eût mérité de ses contemporains, & de la postérité, ni le nom d'un grand homme, ni la gloire d'avoir donné aux François un Théatre qui manquoit à la pompe des plaisirs de la Capitale, & à l'admiration des étrangers parmi nous. [1]

Il est certain que depuis l'administration de Lulli, la splendeur de l'Opéra n'a pas été, à beaucoup près, en croissant; ce qui a nécessité la mission importante que le Roi a donnée à une Compagnie respectable pour une prompte réformation des abus de tous genres qui ont amené le spectacle de l'Opéra au point de désertion & d'ennui, qui faisoient gémir sur son sort : cette Compagnie a, par le nouveau réglement, la même étendue de pouvoir que Lulli; mais comment s'opérera la réformation dont elle est chargée? Avançons nos détails, & suivons.

DEUXIEME RÉFLEXION.

De l'exemple des mauvais succès de Perrein

qui fut peu intelligent, & de l'autorité de Lulli plein d'activité, & de génie pour faire prospérer son entreprise, & qui n'étoit ni contredit, ni arrêté par personne, nous sommes déja bien fondés à en conclure *qu'il ne faut qu'un chef*, qui, placé par la nouvelle administration, ait *un pouvoir illimité*, ainsi que Lulli l'avoit sur tous les agens subalternes de l'Opéra, comme Moliere l'avoit dans l'origine du théatre François sur tous ses camarades : cependant ce chef dont-nous parlons, rendroit compte de quinzaine en quinzaine à l'assemblée de ses Commettans, dont il auroit l'entiere confiance.

TROISIEME RÉFLEXION.

Mais quel détail immense ! & quel homme pourroit y suffire ?

Réponse; cet homme-là peut se trouver, mais, à coup sûr, il faut que ce soit quelqu'un de fort versé dans l'exercice journalier de voir, & de présentir tout ce qui peut davantage intéresser, & fixer l'inconstance du public, en variant ses plaisirs. (*a*) Cette intelligence fine, telle que nous la

(*a*) Le nouveau Réglement, article Ir, parle d'un *Directeur général* : sera-t-il comme nous le desirons, le Plénipotentiaire de ses Commettans?

desirons, & ce vaste & sûr coup d'œil, ne sont pas donnés à tout le monde, il est vrai ; mais il existe certainement de ces hommes-là, & il ne faut qu'avoir envie de les trouver, & d'en être bien servis en leur promettant accueil, protection, confiance persévérante, & récompense : poursuivons, Monsieur.

QUATRIEME RÉFLEXION.

Quand cet homme courageux, capable, & méritant, seroit muni de toute la confiance dont nous parlons, & qui lui est nécessaire, il faudroit lui donner des bureaux ; la même intelligence dans chaque partie sauroit le guider dans le choix de ses Coopérateurs, qu'il surveilleroit, & auxquels il pourroit même faire espérer des gratifications particulieres sur ses recommandations, à proportion de la fidélité, & du zele qu'ils auroient marqué, & promettroient de continuer à marquer pour le bien général de la chose.

CINQUIEME RÉFLEXION.

Ces bureaux seroient indispensablement distribués en quatre classes.

Le premier bureau seroit composé de deux Musiciens de mérite, dont l'emploi consisteroit, non pas à juger, & à décider souverainement du ſort des ouvrages ; ils auroient encore moins la liberté dangereuſe de les rejetter, ou de les accepter, ſuivant leur goût, ou leur caprice ; mais leurs fonctions ſe borneroient à examiner ſeulement ſi toutes les partitions de muſique qui pourroient être préſentés à ce bureau pour arriver au grand jour de l'Opéra, ſoit en un acte, ſoit en deux, ſoit en trois, en quatre, ou en cinq, ſeroient dignes que la copie en fût tirée avec toutes les parties aux frais de l'Académie, pour être enſuite, leſdites partitions appréciées & jugées par le Public ſeul, ainſi & de la maniere qu'il ſera dit ci-après. (*a*)

Le ſecond bureau ſeroit également composé de deux maîtres habiles de danſe, pour décider de la

(*a*) 1° Il ſeroit à ſouhaiter que les deux Muſiciens dont il s'agit, ne fuſſent que de bons Muſiciens, & bien inſtruits des regles de la Compoſition, mais ne fuſſent pas des *Compoſiteurs*; autrement leurs rivaux ſeroient toujours écartés ; & pour briller davantage quand ils auroient quelques productions à donner, ils ne laiſſeroient paſſer que le médiocre. Cette conſidération eſt bien eſſentielle à remarquer.

2°. Si nous chargeons ici l'Académie des frais de copies des Ouvrages qui ſeroient trouvés en état de paroître, c'eſt que ſans cette facilité, il en ſeroit beaucoup d'excellens qui ne pourroient jamais être entendus, parce qu'il eſt beaucoup de Muſiciens qui n'ont pas toujours devant eux 4 ou 500 livres pour ſubvenir aux débourſés de copies.

difpofition des talens de tous fujets qui s'offriroient dans les deux fexes à l'école publique où feroient données des leçons de danfe, & enfeignés les premiers principes de cet art, dans lequel on eft toujours médiocre, comme dans bien d'autres, fi l'on n'y apporte les plus beaux, & les plus riches préfens de la nature.

Au bout d'un temps, & lorfque les chefs de l'école l'eftimeroient convenable, ces fujets feroient enfuite jugés par le public, accueillis, ou rejettés de lui, ainfi & de la maniere qu'il fera dit ci-après, comme pour l'admiffion des partitions de mufique deftinées à refter en définitif à l'Académie en propriété, aux conditions dont nous parlerons auffi ci-après.

Le troifieme bureau feroit rempli de même par d'habiles Violons qu'on prendroit de préférence parmi ceux de l'Orcheftre, pour décider de la capacité des fujets qui fe préfenteroient pour entrer à l'orcheftre, & remplacer les fujets que l'âge, des infirmités, ou des mécontentemens particuliers forceroient de fe retirer ; & depuis les premiers Violons, jufqu'aux derniers inftrumens, pour la dignité de l'Opéra, la gloire de fon Orcheftre, & la perfection de l'exécution des poëmes, il feroit important que les chefs dudit troifieme bureau chargés de ce foin, fuffent difficiles, &

n'admiſſent que de brillans ſujets pour quelqu'inſtrument que ce fût. Ils ſeroient chargés de même du ſoin de veiller, (& il faudroit le leur bien recommander,) à ce que les Concertans ne s'écartaſſent point de la muſique qui ſeroit ſous leurs yeux, en brodant à leur maniere, ou en jouant tout autre air de fantaiſie, comme en uſoit le Concertant ſur la tête duquel Lully caſſa ſon violon, & comme en uſent encore beaucoup de Concertans de nos jours, lorſque le genre de muſique qu'ils exécutent n'eſt pas de leur goût, & lorſqu'il y a des factions & des cabales contraires dans l'Orcheſtre, & qu'enfin pluſieurs ſe ſont décidés à faire tomber un opéra, comme cela n'a été juſqu'à préſent que trop ordinaire. [2] Il faudroit audit cas inſérer de grandes peines aux délinquans, ſans quoi la nouvelle adminiſtration, quelques fuſſent ſes efforts, ne réuſſiroit pas mieux que celle à laquelle elle va ſuccéder. Ces peines ſeroient contenues dans un réglement de diſcipline à faire, & dont ce n'eſt pas le lieu de nous occuper ici (*a*). Continuons.

Le quatrieme bureau avec ſes deux chefs, préſideroit aux leçons de chant qui ſeroient enſei-

---

(*a*) Cette diſcipline eſt déja en partie fixée par le nouveau Réglement, art. 21, & 22.

gnées, comme celle de la danſe, dans une école publique, où ſeroient admis tous ſujets des deux ſexes, qui marqueroient de brillantes diſpoſitions de la nature, pour au bout d'un certain temps débuter devant le public, qui fixeroit ſeul leur ſort ainſi, & de la maniere, que nous le dirons ci-après, comme pour la danſe, pour l'audition des poëmes mis en muſique, & l'admiſſion des concertans de l'orcheſtre. (*a*)

Mais, nous dira t'on, & des juges des poëmes à mettre en muſique, vous ne nous en parlez pas ?

La réponſe eſt que cela eſt inutile. C'eſt la muſique ſur la tête de laquelle repoſent pour ainſi dire, les colonnes qui ſoutiennent l'Opéra. Or il n'appartient qu'aux grands Muſiciens, (& nous regardons cette maxime comme inconteſtable) de juger du prix des matieres qui leur conviennent. [3] Et quel poëme, fût-il un chef-d'œuvre décidé tel par les gens de lettres du premier mérite, a jamais été mis en muſique, ſans que le Muſicien n'ait demandé des changemens, des réfor-

(*a*) L'article 30 parle bien d'*Écoles* à inſtituer, mais ne détaille que des devoirs généraux. Peut-êre la nouvelle Adminiſtration ſentira-t-elle qu'il faut aller plus loin, en claſſant, comme nous venons de le faire, les coopérateurs de ſes ſages deſſeins.

mes considérables, & des sacrifices souvent très-douloureux à l'auteur des paroles? Il n'y a que ceux qui n'ont point travaillé avec des Musiciens, qui nieroient ces vérités d'expérience journaliere. Ainsi point de bureau pour juger du mérite des poëmes. Cette dépense seroit inutile. Les poëmes ne manqueront pas, dès que les musiciens qui auront des talens, & qui aspireront à la gloire des Lulli, des Campra, & des Rameau, seront sûrs de pouvoir être entendus, & jugés par le public, & ne seront plus exposés à essuyer ces dégoûts, ces longueurs pour parvenir à la représentation, & ne craindront plus cet avilissement de démarches, & de pas infructueux, qui écartoient nécessairement du temple d'Euterpe tous les talens qui étoient sans protection, ou sans faculté de faire de riches présens, ou qui étoient sans intrigue & sans faction.

Ainsi point de bureau pour l'examen des poëmes; l'Académie feroit savoir qu'elle ne s'occuperoit que de ceux qui seroient déja mis en musique; ce seroit à cet égard aux Poëtes, & aux Musiciens à s'arranger ensemble, & à débarrasser l'Académie de ce soin; il y a plus, l'Académie y gagneroit; le Poëte se mettroit en peine de choisir un bon Musicien; souvent il l'iroit chercher aux entrailles de la terre, ou dans les cieux; & le bon

Musicien à son tour, prendroit ses précautions par un mûr examen des ressources que le poëme ménageroit à son art, avant de le mettre en musique.

Venons maintenant à la maniere dont le public jugeroit lui-même du mérite des poëmes, de la musique, des sujets destinés au chant, à la danse, & à remplacer ceux qui manqueroient à l'orchestre.

SIXIEME RÉFLEXION.

Cette partie qui fait suite naturelle de mes précédentes réflexions, est, Monsieur, comme vous l'allez sentir, la plus importante de toutes, parce que toutes les autres ne tendent qu'à celle-ci, & lui sont souverainement subordonnées; mais avant de m'expliquer plus au long, posons quelques axiomes fondamentaux en matiere de Théatres.

1° Tout spectacle public, n'a de but principal que d'attirer le public, & de le fixer par des amusemens, & des plaisirs analogues *au genre* de ce spectacle.

2° Nul juge aussi que le public ne peut décider sûrement du mérite des moyens qui seront imaginés pour l'amuser, & le fixer. Cette vérité est si sensible, que les chûtes des ouvrages qui le plus souvent ont été estimés excellens par *des prétendus connoisseurs*, *gens de goût*, *d'esprit* ou *Directeurs* de ces spectacles, ont été aussi les chûtes *les plus éclatantes*, & les *plus humiliantes* pour les auteurs les prétendus gens de goût & connoiſſeurs, & pour les chefs de ſpectacles, tous trompés dans leur vain eſpoir, & finiſſant par dire avec quelques Journaliſtes, *que le public ne ſait ce qu'il veut lui-même, & qu'il faut mépriſer ſes jugemens comme ſes caprices.*

Avec de tels principes, & ce mépris, une ſalle ſe trouve vuide de ſpectateurs, & les Chefs, ou Directeurs en ſouffrent, à moins que, comme ſous la direction de l'Opéra qui finit, ces Chefs n'ayent rien à perdre, & que leurs appointemens n'en ſoient pas diminués, autrement il faut travailler ſur nouveaux frais ; étudier de nouvelles pieces, & s'occuper de nouveaux moyens de plaire au public pour le ramener, & duquel ſeul il s'agit auſſi de captiver le ſuffrage. Car c'eſt lui ſeul qui en donnant une miſſion honorable aux bons auteurs, flétrit les médiocres ; dit hautement ce qui l'amuſe, comme ce qui le fatigue, & l'ennuie, & prononce en ſouverain ſur toutes les nouveautés qui lui ſont offertes, & revient rarement des proſcriptions qu'il a une fois décernées.

Ces vérités capitales étant ainſi reconnues, (& il n'eſt guère poſſible de les contredire raiſonnablement,) nous oſons aſſurer que la nouvelle adminiſtration de l'Académie, ne ſera pas plus heureuſe que celle qu'elle va remplacer, ſi elle ſuit les routes anciennes, & fait juger du mérite des talens deſtinés à concourir aux charmes de l'Opéra, par des connoiſſeurs & gens de goût prétendus, qui ne ſeront ni plus merveilleux, ni plus certains du ſuffrage du public, que tous ceux qui juſqu'à préſent ſe ſont dit en poſſéder la ſcience & le ſecret. [4] Ces gens de goût & d'eſprit en effet ne ſont pour l'ordinaire que des juges, ou prévenus, ou ſéduits, ou entraînés par des motifs particuliers à plutôt accueillir les productions de tel ou tel protegé, que d'un autre qui ne le ſera pas, dont le nom n'aura jamais frappé leurs oreilles, & qui quelquefois ne cherche pourtant à rompre le voile épais des ténèbres qui le couvroient, qu'avec un chef-d'œuvre. Et voilà de graves inconvéniens qu'il ſera très-important de prévenir, & d'écarter de la nouvelle adminiſtration de l'Académie Royale de Muſique.

Mais conſtituez le public lui-même juge en premier reſſort de toutes les nouveautés que vous diſpoſez pour ſes plaiſirs; que lui-même mette la couronne ſur la tête des talens qu'il daignera approuver, & encourager; que ces talens auſſi dans tous les genres n'aient que le public pour juge, & pour appréciateur; donnez-leur ſur-tout un vaſte Théatre; qu'il ſoit dreſſé ſous les yeux de la Capitale entiere, & que la Capitale entiere puiſſe s'y réunir pour y voir les talens aux prises les uns avec les autres, & s'y disputer les palmes brillantes de la victoire; alors promettez-vous des prodiges, & le public qui les aura fait naître, les verra de même se multiplier sous ses yeux ; & les succès de l'Opéra seront constans. Plus de doute sur les nouveautés qu'il perfectionnera pour l'hyver ; plus de dépenses énormes, & inutiles pour des ouvrages écrasés avec fracas dès leur naissance ; enfin plus d'études ingrates, & sans profit. Rendons ces vérités plus sensibles par quelques exemples.

D'abord je ne voudrois pas que le Théatre dont nous parlons, fut aucun Théatre privé ; pas même celui des menus ; encore moins celui de l'opéra. Pourquoi cela ? C'est parce que toutes les fois que vous inviterez le public à un Théatre particulier ; dans une salle privée, précisément pour soumettre à son jugement le mérite des divers talens que vous voudrez ensuite lui montrer dans un plus grand jour, ce public y apportera sûrement sa morgue fiere, cette sévérité, & ces dégoûts que la prévention fortifie encore, toutes les fois qu'on lui dit *venez voir, & jugez*. Ce seroit bien pis, si vous lui donniez des essais sur le Théatre même de l'Opéra, où il est accoutumé à voir, & où il ne veut voir que des chefs-d'œuvres. Certainement il précipiteroit aux enfers tout ce qui n'en auroit pas le caractère & la dignité ; & vos tentatives, & vos soins, seroient sans succès, quelques annonces que vous pourriez faire.

Autres considérations non moins essentielles à saisir : vos spectateurs sur quelques Théatres privés que vous fissiez vos essais, se trouveroient composés ou d'amis, ou d'un nombre de citoyens convoqués par billets, comme il se pratiquoit ci-devant aux répétitions générales de nouveaux Opéras, & dès-lors vous n'atteindriez pas encore votre but. La raison en est simple ; c'est que ces sortes d'assemblées sont toujours indulgentes ; qu'il y auroit de la dureté à s'ouvrir librement sur de fâcheux pronostics, & que ce seroit mal reconnoître le plaisir qu'on nous donne toujours, en faisant de nous une sorte de distinction, & en nous invitant à voir la répétition générale d'un ouvrage qui le lendemain amenera l'affluence de la capitale, & fixera tous les esprits sur son sort. Or ces sortes de jugemens ne sont pas à beaucoup-près ceux du public ; les jugemens des amis, ou de nos partisans, le sont encore moins : il n'y a qu'un public libre qui se presse, & qui paie, qui décide avec sûreté, & ne manque jamais de faire usage de ce droit qu'il regarde comme le prix de l'argent qu'il laisse à la porte avant d'entrer.

Écartons donc par des raisons aussi solides tout

Théatre privé, quelqu'il ſoit; écartons de même les aſſemblées d'amis, & de partiſans dont nous venons de parler, & qui ſont peu faits pour raſſurer ſur le mérite d'un ouvrage, ou de talens quelconques. C'eſt ce que l'expérience a pleinement démontré juſqu'à préſent.

Quel que ſoit encore, Monſieur, le Théatre vaſte & magnifique que nous choiſirons, & duquel auſſi nous avons déja fait mention, gardons-nous d'y inviter le public avec étalage; comme il ne s'agira que de lui montrer des eſſais en tout genre, & même des ébauches, il faudra tâcher de ne les lui montrer que *par occaſion*, & pour ajouter à d'autres plaiſirs qui le raſſembleront ſans plus d'oſtentation. C'eſt ainſi que nos petits opéras comiques des Foires Saint-Germain, & Saint-Laurent réuſſiſſoient toujours; parce que le public qui venoit à la Foire ſans intention, & avec la bonne humeur qui le ſuit par-tout ou il ſe porte plutôt de lui-même, qu'il n'y eſt invité, entroit à ces ſpectacles avec gaîté, & ſans prétention; n'y ſiffloit jamais; diſoit ſon avis, & trouvoit ſouvent de très-bonnes choſes qu'il applaudiſſoit auſſi comme telles. A peine la Comédie Italienne a t-elle eu renverſé ces Théatres, & l'Opéra-comique a t-il été admis au ſein de la Capitale avec l'ambition de ſe faire remarquer, & d'être auſſi au rang des grands ſpectacles, que le public a tout-à-coup repris ſa férule, & lâché pour la premiere fois ſes ſifflets ſur la *Bagarre*, en ne témoignant plus d'indulgence.

Inſtruits par de ſemblables exemples, voyons maintenant quel ſera le Théatre que nous adopterons de préférence pour les eſſais de l'Académie, & où le public ſera auſſi dans le cas d'apporter toute ſa bonne humeur, diſons mieux toute ſa bonhommie, quand on ne lui marque d'autres deſſeins que d'ajouter à ſes plaiſirs, & de chercher les moyens efficaces de lui en créer de nouveaux.

Or ſur ce choix, voici mon idée. Je voudrois que ce vaſte Théatre ſi néceſſaire, & ſi propre par ſon emplacement aux tentatives de l'Académie, ne fût dreſſé que ſous les auſpices, bien entendu de ladite Académie, au Coliſée.

Ce monument qui manquoit aux plaiſirs d'été de notre Nation, eſt majeſtueux; prend faveur à tous égards depuis que les créanciers ont placé une confiance ſans bornes, & méritée dans les ſoins, l'expérience, l'activité, & l'intelligence du Directeur qui préſide à toutes les petites fêtes, ou petits amuſemens que la capitale y va chercher, moins pour s'en occuper, que pour ſe raſſembler, & ſe voir [5]. Le même monument nous rappelle les ſuperbes édifices d'Athènes & de Rome, qui raſsembloient aussi, comme le Colisée de nos jours, ce que ces Républiques avoient de plus grand, de plus cultivé, & de plus policé.

Voilà donc le lieu qui seul convient aux essais de l'Académie, qui seul aussi assurera les plus grands succès à ses tentatives. Mais ne confondons rien, & allons pas à pas.

1° Point de doute, & nous l'avons déja insinué, que par les titres de sa création le Colisée ne soit sans droit pour l'érection du Théatre dont il s'agit. Donc il ne pourroit le dresser que sous les auspices de l'Académie, & pour le seul usage de l'Académie.

2° Supposons maintenant ce Théatre érigé, & tous les arrangemens pris par l'Académie avec les propriétaires, & créanciers du Colisée, pour que chacun eût lieu d'être content d'une utile association. Voici, Monsieur, de quelle maniere j'imagine que l'Académie pourroit tirer un très-grand avantage du Théatre qu'elle y feroit construire.

1° Le Colisée mettroit ses affiches à l'ordinaire.

2° Mais au lieu de Joûte, & des Courses de Chevaux du sieur Hiam, & autres amusemens de ce genre, sur la même affiche, l'Académie ajouteroit : *Le public est en même temps averti que par occasion, l'Académie lui fera entendre avec son orchestre la musique d'un nouveau poëme qu'elle destinera à ses plaisirs pour l'hyver, si le public encourage l'Académie par ses applaudissemens donnés à l'essai, & y remarque du mérite.* Nulle augmentation de prix d'entrée, pour ne point écarter la simple Bourgeoise, & attirer la plus grande affluence qui ne permettra pas alors que les cris de quelques frondeurs, ou mécontens, (*a*) prévalentsurles suffrages de la multitude, & laisse dans l'incertitude l'opinion que l'on devra prendre du succès, ou de la chûte même de l'essai, par la maniere dont il aura été reçu.

D'où il arrivera de deux choses l'une, ou que l'essai en général aura été applaudi, ou ne l'aura pas été ; qu'on y aura trouvé plus de bon, que de taches ; des longueurs à ôter, des morceaux finis ou à retravailler ; ou l'ouvrage enfin aura entiére-

(*a*) Cette espece d'hommes mal nés, & mal constitués, est détestable dans la société, parce qu'elle est toujours prête à empoisonner par goût, ou parhabitude, les plaisirs des autres. Elle valoit bien la peine de figurer avec la multitude des originaux, & des travers déja immolés sur le théatre ; & c'est ce que le Protée de Comédie Françoise a fortement conseillé d'exécuter. Ce sujet a été traité en conséquence sous le titre de *Mécontent de tout*, en cinq actes, & en vers, & doit être incessamment présenté au Comité des Comédiens François.

ment déplu. Dès-lors l'Académie qui ne l'auroit proposé au public que pour essai, lui prouveroit son envie de s'assurer des moyens de lui ménager des plaisirs pour l'hyver.

Si l'ouvrage en général avoit plu, le Musicien pendant un délai convenu, profiteroit des remarques & critiques judicieuses qu'il auroit entendues, & après l'Académie réafficheroit que le public verroit l'essai des Balets. Même observation que dessus relativement aux critiques.

Enfin l'Académie prendroit un jour où l'Opéra seroit vu dans tout son ensemble, excepté qu'il seroit dénué de la magie des décorations, & de l'illusion des habits des personnages qui n'y figureroient qu'en habits bourgeois, l'Académie ne se chargeant de pousser plus loin les dépenses, qu'autant que le public par le dernier essai témoigneroit sa satisfaction.

Et que l'on ne croie pas que le public qui ne verroit au Colisée l'ouvrage que par parties, & comme une ébauche, ne suppléeroit pas à l'illusion complette qui manqueroit dans l'exécution. Il est juste ce public, & indulgent quand on sait prendre ses momens. Il sentiroit très-bien la prudence de l'Académie, & il lui en sauroit gré.

Il en seroit ainsi des sujets qui sortiroient des mains des Maîtres pour la danse, ou le chant, ou le jeu d'aucuns inſtrumens : montrés au grand jour ſur ce vaſte théatre, le Public les encourageroit, leur marqueroit leur place, ou les rejetteroit du Temple d'Euterpe & de Terpſicore.

Delà on conçoit quel gloire il en réſulteroit, & pour les Inſtituteurs, & pour les Éleves, & combien l'Académie y gagneroit de tous côtés, & ſéroit sûre enſuite de ſes nouveautés, & de ſes ſujets.

M. Linguet l'a judicieuſement remarqué dans ſon numéro ſix du mois de Février : toute inſtitution ſolitaire remplit rarement l'eſpérance qu'on en avoit conçue ; le Public ſeul peut former les ſujets & les talens qui ſe conſacrent à ſes amuſemens, & eſt auſſi ſeul en droit de prononcer ſur leur véritable mérite : d'où M. Linguet conclut que les théatres de Province ſeront toujours la meilleure école pour ceux qui ſe deſtineront à monter enſuite ſur ceux de la Capitale. On vient de voir que nous penſons auſſi qu'il n'y a que le Public qui, en aſſignant de juſtes récompenſes aux talens, puiſſe leur donner une miſſion honorable ; & quelle formation plus sûre, & quelle miſſion plus honorable, que celle qu'ils recevroient ſur un théatre élevé au ſein même de la Capitale, & deſtiné, par l'Académie Royale de Muſique elle-même, à leur y procurer des emplois, & des couronnes. [6]

OBJECTIONS.

1° Comment l'Académie Royale de Musique pourroit-elle s'arranger avec le Colisée pour ses essais, & en retirer les dépenses accessoires que ces essais auroient entraînés ?

Péponse. Rien de plus facile d'abord que cet arrangement : le Colisée sait par ses registres à combien monte, du fort au foible, sa recette les jours, & même les jours d'ouvertures qui lui amenent le plus de monde.

Supposons cette recette montant à 3500 liv. sans aucune déduction des frais, & dépenses que coûtent les amusemens ordinaires que le Public y trouve, qui ne sont pas bien piquans par le retour, & le cercle uniforme qui leur sont assignés; mais quels qu'ils soient, le Public commence à *convenir de se rassembler* dans cette vaste enceinte; & sous ces magnifiques portiques, que des factions ennemies, & des cabales, ont trop décrié à la naissance de ce brillant édifice; or, il y a tout à parier (attendu que l'affluence de ce même Public y prend maintenant son cours, à peu près comme les eaux d'un fleuve qui, semblant regretter leur ancien lit, s'en frayent un nouveau, où elles se grossissent de jours en jours, & acquierent une liberté, & un espace qu'elles n'avoient

voient pas en beaucoup d'endroits dans le premier lit qu'elles quittent enfin, & où à force d'être resserrées, elles se précipitoient plus vîte aussi, & privoient les yeux du plaisir d'admirer la netteté & la transparence majestueuse de leur crystal) nous le répétons avec confiance, il y a tout à parier que dès que l'Académie afficheroit au Colisée les essais, & débuts de talens dont nous avons parlé, le Public doubleroit, tierceroit, ou tripleroit son affluence; alors rien de plus aisé que de marquer les reprises de l'Académie.

Supposons donc qu'une précédente recette du Colisée eût été à 3500 livres, & que celle où un essai de l'Académie auroit été fait, s'élévât à 7000 liv. sur les 3500 liv. que l'essai auroit procuré d'excédent de recette ordinaire au Colisée, il conviendroit dès-lors de prélever tous les frais occasionnés par l'essai; frais qui, comme on le pressent, n'iroient pas bien haut.

Ensuite l'Académie abandonneroit au Colisée un quart du bénéfice net, & garderoit le surplus pour elle.

Deux conséquences : la premiere est que le Colisée gagneroit sensiblement à un pareil arrangement.

La seconde est que l'Académie Royale de Musique y gagneroit aussi; 1° parce qu'ayant de cette forte le suffrage préalable du Public sur les nouveautés qu'elle voudroit lui donner sur son grand théatre, avec toute la majesté, & l'appareil qu'elle y conserve, elle ne seroit plus exposée à faire souvent pour 60 ou 80000 livres de dépense pour monter une piece, & en voir la chûte inattendue.

2° Elle y gagneroit encore, parce qu'en multipliant les essais, & les débuts, quand il conviendroit, sans beaucoup de dépenses, elle se formeroit pour l'hiver un sûr répertoire de bonnes nouveautés, & retireroit de leur essai, des bénéfices toujours assurés. (*a*)

SECONDE OBJECTION.

Mais pour tous ces essais, il faudroit que l'Académie, ou sa nouvelle Administration, perdît bien du temps; il faudroit qu'elle cessât aussi d'ouvrir, ainsi qu'on l'avoit déja proposé, pendant les

(*a*) Sous l'ancien régime de l'Académie, il arrivoit toujours que l'ouvrage qui paroissoit, y venoit ou *à force ouverte* par la protection, ou *du gré* des Directeurs d'alors. L'ouvrage protégé avoit-il du succès? la Direction étoit chargée de la haine & du mépris du public par son mauvais goût. Au contraire l'ouvrage ne réussissoit-il pas? le public n'en n'étoit pas plus content de l'Administration, & c'étoit toujours l'Académie qui payoit ces sottises là, & partant se ruinoit.

mois de *Juin*, *Juillet*, & *Août*, qui sont les trois mois de l'année, morts, comme l'on dit, pour les trois Spectacles, & d'où le public s'exile d'autant plus volontiers, (lui offrît-on des chefs-d'œuvre) qu'il n'aime point à s'enfermer dans la brillante saison, & qu'il se fait une obligation étroite de respirer le bel air pour le maintien de sa santé, & profiter d'un temps qui n'est que trop court ; & dont la fuite le contiendra bientôt l'hiver à ne point quitter ses foyers, ou à ne les abandonner de nouveau, que pour rentrer dans les tombeaux de nos Salles de Spectacles, & y rechercher ses amusemens accoutumés.

RÉPONSE. La seconde partie de l'objection tombe, comme on vient de le voir, d'elle-même. Pourquoi l'Académie, qui a intérêt de profiter des fautes de l'ancienne administration, persévereroit-elle sous la nouvelle, à ouvrir dans une saison précisément où elle n'a rien à gagner par la retraite du Public, mais où elle n'auroit que des dépenses gratuites ? Il est certain qu'en n'ouvrant, pendant les trois mois dont on vient de parler, que le vendredi qui est son beau jour, l'Académie réveilleroit davantage pour elle le goût du Public, & perdroit moins, supposé toutefois qu'en ne donnant que ce seul jour à la Ville, elle s'appliquât à ne lui représenter que de bons ouvrages; car dans toutes les ſaiſons de l'année, le public ne va qu'à ceux-là; l'Académie feroit encore attention à ne les faire jouer que par les meilleurs Acteurs, & avec tout l'appareil convenable, & la préciſion poſſible.

Cette premiere réforme établie, c'eſt-à-dire, l'Académie ne donnant que le vendredi, [7] pendant les trois mois de Juin, Juillet & Août, vu l'exil volontaire du Public de nos Salles de Spectacles, alors ſes Agens, & Coopérateurs ſubalternes, toujours ſous la direction ſuprême du Chef intelligent dont nous avons donné plus haut la définition en traçant ſes devoirs, ne manqueroient pas de temps, & n'en perdroient point pour les eſſais en queſtion; mais, objecteroit-on encore, que de beſogne, & de travail leur reſteroit à faire?

Réponse. Eh! mais ſans doute: dès que l'indifférence pour le ſuccès, ou la pareſſe, ſeront à la tête de toute adminiſtration poſſible, il en réſultera les plus funeſtes maux, & la ruine des grands corps qui ſeront travaillés des deux vices que nous venons d'indiquer. Le bel ordre de la nature elle-même ne s'entretient que par le mouvement éternel, & l'activité inaltérable des élémens qui font rouler les planettes ſur nos têtes, & donnent à notre globle cette impulſion terrible qui conſomme tout les vingt-quatre heures, la révolution circulaire de ce globe sur son axe, & ne lui fait rien perdre de son équilibre. Il en est de même des Gouvernemens des Royaumes, & des Empires; si la nonchalance, & l'inaction endorment le Souverain sur son trône; si ses Coopérateurs à l'administration publique, partagent son apathie, & son indifférence, tout est perdu; le travail seul, & l'amour persévérant du travail, operent des prodiges, & assurent les succès. Ainsi les Agens choisis par la nouvelle administration de l'Académie Royale de Musique, pour répondre aux vues des Chefs, ne doivent se flatter ni de repos, ni de ralentissement dans leurs soins, pour consommer la grande entreprise de la réforme, & retirer de ses fondemens où il alloit disparoître, l'un de nos plus intéressans, & de nos plus magiques Spectacles.

TROISIEME OBJECTION.

Mais enfin, j'ai vu, direz-vous, Monsieur, par l'exposition de vos idées sur les essais projettés, que l'Académie Royale de Musique annoncera au Public que ces essais seront exécutés par les Concertans de son orchestre; & des Danseurs & Chanteurs, vous n'en parlez pas? Croyez-vous que tout ce monde-là sera facile à conduire, & voudra concourir à vos vues de bien public?

RÉPONSE. Je ne vois pas d'abord pour quelle raiſon des membres attachés à l'Académie Royale de Muſique, & payés par elle, refuſeroient d'obéir aux ordres ſupérieurs qui leur ſeroient donnés pour le bien même & la gloire de cette Académie : le refus d'obéiſſance ne pourroit qu'indigner les Adminiſtrateurs ; & il faut retrancher du corps, tout membre qui refuſe de concourrir à la vie des autres, [8] & ne tend au contraire qu'à les détruire. (*a*)

En ſecond lieu, nous voici ſur une corde bien importante à toucher, & cette partie de nos réflexions demande à être traitée avec le plus grand ſoin.

Il s'agit donc de pourvoir à l'intérêt des premiers Acteurs & des premieres Actrices, (*b*) comme à celui des premiers Danſeurs & des premieres Danſeuſes. Nous ne dirons rien des Décorateurs & Machiniſtes, qui continueront à bien ſervir l'Académie, & à mériter les applaudiſſemens du public : reprenons.

Point de doute que l'intérêt ne ſoit l'ame uni-

(*a*) Les art. IV, V, & X du nouveau Réglement ſont de la plus grande ſageſſe à cet égard.

(*b*) C'eſt ce qui eſt fait par les art. XII, XIII, XIV, & XV.

verſelle qui détermine les actions de tous les hommes, crée les talens, les échauffe & les ſoutient; auſſi paſſe-t-il déja pour certain dans le public que les Auteurs & les Muſiciens n'auront plus ſous la nouvelle adminiſtration une ſomme fixe pour leur récompenſe, & qu'ils toucheront des honoraires en proportion de leurs plus grands ſuccès. Les autres Théatres, à la vérité, ont établi cette maniere de récompenſer parmi eux les talens; mais on ſait auſſi combien eſt modique encore la meſure qu'ils ont fixée pour la récompenſe, & combien les locations à l'année de leurs grandes & petites loges la diminuent. Quelle ſera donc la meſure des bénéfices qui ſeront joints par la nouvelle adminiſtration aux lauriers des talens? C'eſt ce que nous n'entreprenons pas ici de preſſentir; la ſageſſe de la nouvelle adminiſtration y pourvoiera ſans doute à la gloire & à la ſatisfaction de tous *; laiſſons donc-là le ſort des Auteurs des Poëmes, & de la Muſique pour ne nous occuper que de l'intérêt des principaux Acteurs & Actrices, Danſeurs & Danſeuſes.

Voiez les articles 18, 19, & 21, du nouveau réglement.

Comme ces talens-là ſont déja appréciés du Public, & qu'ils lui ſont devenus chers, il eſt hors de difficulté qu'il faut que l'appas des récompenſes, jointes aux honneurs, les excite à concourir à la réforme des abus qu'il eſt queſtion de frapper & d'anéantir, & à se prêter à tous les moyens qui seront tentés pour y parvenir.

Ainsi, partons de quelques exemples. Cent fois l'on a dit que sous l'administration qui finit, les premiers Acteurs, Actrices, Danseurs & Danseuses, avoient mille écus fixe d'appointemens, & qu'on y ajoutoit pareille somme pour gratification; de-là il n'est pas encore difficile de concevoir comment ces Messieurs & Demoiselles prenoient fort peu d'intérêt au succès d'une nouveauté, comment ils en accéléroient même la chûte, en ruinant l'Opéra, soit par des retraites combinées, soit par des maladies, & indispositions feintes, en chantant, & jouant cinq ou six fois, & laissant ensuite leurs rolles à des doubles, ou peu intelligens, ou désagréables même au Public. Mais supprimez ces appointemens fixes, montrez les salaires, *augmentés* ou *diminués* en proportion de l'affluence du Public, que l'harmonie générale des principaux ressorts de la machine amenera & fixera au Spectacle; alors vous faites disparoître les petites santés, les indispositions feintes, & les mauvaises volontés de concourir à l'intérêt général *. Pourquoi cela? C'est que tous ces Agens-là se nuiroient à eux-mêmes & à leurs honoraires, & qu'il est rare que l'homme se détermine au mal, ou ne fasse pas tout ce qui dépend de lui, quand il s'agit de son

(*) *Le nouveau réglement y pourvoit.*

intérêt personnel, & de retirer les plus grands avantages de son travail, de son industrie & de ses talens.

Ceci posé, nous n'avons plus d'embaras pour déterminer les principaux Acteurs & Actrices, Danseurs & Danseuses, à se prêter aux vues du bien général de la chose, & à seconder le zele de la nouvelle administration pour les essais dont nous avons parlé; car il en sera de ces essais comme d'une mine précieuse à fouiller; plus les intéressés y trouveront de métaux précieux à travailler, & à perfectionner, & plus tout le monde aura lieu de s'applaudir de ses recherches, de son courage & de ses talens.

Mais quels seroient les honoraires des Agens ci-dessus au cas des essais? Nous nous imposons à cet égard le même silence, que sur la rétribution à fixer par chaque représentation aux principaux talens qui concourroient au plus grand succès d'une nouveauté de l'Académie. Dès que le Réglement de rétribution pour ceux & celles qui rempliroient leur devoir, ou de peines pour ceux & celles qui y manqueroient, seroit une fois promulgué pour les représentations publiques à la salle de l'Opéra, il ne seroit pas difficile de faire un article aussi *pour les récompenses* de ceux qui concourroient à la brillante exécution des essais sur le théâtre du Colisée, ou de peines pour ceux & celles des Acteurs & Actrices qui se dispenseroient de remplir cette partie de leur devoir, de manière que les amendes accroîtroient toujours aux émolumens des membres zelés, & qui suppléroient ceux de mauvaise volonté, qu'il seroit important de reprimander avec sévérité, & même de punir en cas de récidives trop fréquentes; mais tout ce ci dépenderoit de la confection soignée d'un supplément de réglement, & nous n'en dirons pas d'avantage. Il nous suffit d'avoir montré que toutes les fois que l'on aura pourvu à l'intérêt des particuliers, leur service sera constamment fait avec zele, & vous aurez levé même pour nos essais, tous les obstacles à écarter. Avions-nous d'autres vérités à établir?

QUATRIEME OBJECTION.

Ainsi pendant les trois mois de Juin, Juillet & Août, stériles pour le grand théatre de l'Opera à la ville, vous ouvrirez au Colisée la barriere à tous les talens qui lui sont nécessaires, & qui seront dans le cas de lui devenir pendant l'hiver d'une ressource infinie. Poëtes, Musiciens, Chanteurs & Chanteuses, Danseurs & Danseuses de mérite, Violons & autres joueurs d'instrumens distingués, auront une entiere liberté de descendre dans l'Arene, ſous les yeux mêmes de la Capitale; de s'y livrer le combat, & de s'y diſputer, comme chez les Grecs & les Romains, dans les beaux jours de ces Républiques, l'honneur d'étonner la nation, & d'y cueillir les palmes de la victoire.

J'accorde l'exécution, m'allez-vous dire encore, Monſieur; mais tous ces eſſais, & combats répondront-ils à vos eſpérances? & s'ils ſont ſans ſuccès? ſi le public perſévère à accuſer ce ſiecle d'indigence, & de ſtérilité pour les talens? s'il réprouve, blâme tout, & n'eſt content de rien? ſi vous échouez enfin?. ſi.. ſi.. &c. &c.

Réponſes. 1° Avec des hypotheſes il eſt impoſſible d'oſer rien entreprendre.

2° Dans le cas même où ces hypotheſes pour le malheur de nos plaiſirs ſe réaliſeroient, on ſeroit toujours forcé de convenir qu'au moyen de l'expérience, & des eſſais mis ſous les yeux du public, qui les auroit appréciés, l'Académie Royale de Muſique, qui n'a pas d'autre juge à ſon grand Théâtre de la ville, s'épargneroit bien des inquiétudes, bien des dépenſes, & des études inutiles de nouveautés, qui le plus ſouvent l'ont ruiné juſqu'à préſent, [9] parce qu'on avoit été obligé de s'en rapporter à de prétendus connoiſſeurs, & gens de goût, & que le public s'eſt moqué auſſi ſouvent de leurs déciſions, que de leurs prétendues lumieres.

D'ailleurs il eſt de toute impoſſibilité, que dans la multitude des eſſais qui ſeroient préſentés au nom de l'Académie ſur le théâtre particulier du Coliſée, il ne ſe trouvât pas des Poëtes, & des Muſiciens aſſez heureux pour plaire. La facilité de recueillir promptement de cette maniere la récompenſe de leurs travaux, & de leurs veilles, allumeroit une émulation qui échauffant tous les cœurs qui adorent la gloire, & toutes les têtes propres à enfanter des merveilles, feroit renaître parmi nous le ſiecle admirable de Louis XIV, où des priviléges excluſifs n'avoient pas mis encore les talens aux fers, & ne leur avoient pas défendu auſſi d'aſpirer à l'immortalité, & aux honneurs brillans de la repréſentation, à moins d'employer toutes ſortes d'intrigues, d'avoir des protecteurs puiſſans, & de ſavoir dévorer auſſi toutes ſortes d'aviliſſemens, de rebuts & de diſgraces.

D'autres entraves qui juſqu'à préſent ont donné la mort aux talens, qui peut-être auroient illuſtré ce ſiecle & notre nation ſur les trois théâtres de cette Capitale, c'eſt la néceſſité dont on leur a fait la loi d'être jugés ou par l'ignorance, la prévention & la partialité qui ſiégent pour l'ordinaire au tribunal des tripots, ou d'être admis ou rejettés d'après les déciſions de ce que l'on appelle les connoiſſeurs, gens d'eſprit & de goût, que nous n'aimons pas à beaucoup près, & que nous n'avons jamais aimé, parce qu'il ont étouffé plus de vrais talens, qu'ils n'en ont aidé.

D'ailleurs il existe une grande vérité, c'est que plus les talens se sentent de vigueur, de fierté & d'élévation, plus ils dédaignent, & méprisent aussi cette censure domestique, & ces décisions privées qui les ravalent au dessous de ceux qui les jugent, & qui ne sont encore pour eux rien moins que de sûrs garans pour les suffrages du public; dès-lors cette humiliation, dont on leur impose la loi, les écarte néccessairement du courage d'entrer dans la carriere, & de songer à s'immortaliser; dès-lors la seule médiocrité rampante, & pour qui tous moyens de parvenir sont excellents, monte sur la scène du monde, & flétrit l'honneur du siecle; au contraire brisez les chaînes des talens, ouvrez une lice aisée au génie; qu'il ne soit plus contraint dans sa marche, ni forcé de s'abaisser, son essor n'aura plus de bornes; il franchira tous les obstacles; l'univers ne sera pas assez vaste, ni les cieux assez élevés pour assigner des limites a son vol; il sera le génie enfin, & vous aurez des chefs-d'œuvre, & vous lui verrez créer, & multiplier les merveilles.

CINQUIEME OBJECTION.

Mais cette liberté, cette facilité d'essais, & de débuts, admise, quelle abondance de matériaux,

& quelle multitude de talens de tout genre, & de toute eſpèce vous offrirez au public à juger ? Pourrez-vous ſubvenir à cette multitude, & vos trois mois vous ſuffiront-ils ?

Réponse. 1° L'abondance, & la multitude des ſujets ſera une richeſſe pour l'Académie. Ne ſeroit-ce pas une folie de s'en plaindre, la nouvelle adminiſtration n'ayant d'autre but que de ſeconder un ſol qui commencoit à devenir trop ingrat, & à refuſer tout eſpoir de moiſſon ? Jamais les temps d'abondance n'ont effrayé le cultivateur laborieux, & qui connoît ſes intérêts. S'il multiplie les coopérateurs qui lui ſont alors néceſſaires, il retrouve dans leurs travaux le dédommagement de ſes peines & de ſes débourſés.

2° Quant à la poſſibilité de ſubvenir à l'abondance, nous avons déja fait entrevoir les moyens d'y parvenir ; un chef infatigable, ſecondé par des Agens ſubalternes infatigables comme lui, répondront du ſuccès ; nous le répétons ; point d'eſpérance dans quelqu'entrepriſe que ce ſoit, ſans une attention, une activité & des ſoins éternels pour la conduire à ſon but.

3° Quant à la queſtion ſi les trois mois ſuffiroient pour exécuter, & ſoumettre au jugement du public les eſſais & débuts propoſés, on répond, 1° que ſi l'Académie, dans le cours des trois mois mentionnés, avoit été assez heureuse pour tirer de la mine qu'elle auroit ouverte au Colisée, des matériaux suffisans pour son emploi, & son utilité pendant l'hyver, rien n'empêcheroit qu'elle fermât la barriere, en annonçant qu'elle la rouvriroit l'année suivante, avec les mêmes solemnités, & les mêmes honneurs dûs aux talens qu'elle inviteroit à de nouveaux efforts, pour mériter ainsi les encouragemens du public, & les honneurs avec les profits de la représentation qui leur seroient réservés par rang sur le grand Théatre de l'Académie.

4° Et qui empêcheroit d'ailleurs que l'Académie, si la premiere récolte étoit satisfaisante, d'ouvrir l'année suivante un mois plutôt ? Maîtresse en tout temps de faire usage de ses droits, on ne voit pas quels obstacles s'opposeroient à ce qu'elle n'accélérât les évenemens qui enflammeroient plus que jamais l'émulation des Auteurs encouragés, & qui rendroit à la société & à des devoirs plus convenables, ceux qui auroient échoué dans leurs desirs, & dont le public auroit mal accueilli les médiocres talens.

Mais nous ne doutons pas, & c'est ce qui se réalisera sous les yeux même de l'Académie, que les deux autres Théatres de la Capitale, la Comédie Françoise, & la Comédie Italienne, n'imitassent un jour la prudence de l'Académie, & n'ouvrissent de même au Colisée la barriere aux autres talens qui se consacrent à acquérir aussi de la gloire sur ces Théatres, & sont jaloux d'arriver le plutôt possible, pour se désabuser, au faîte de la disgrace, s'ils succombent; ou à celui de la gloire, s'ils sont nés pour elle.

Ces évenemens seroient d'autant plus prompts, que nous ne proposons point comme M. Dorat dans les réflexions qu'on lit à la tête de la nouvelle Édition de son Célibataire, de mettre à l'étude toutes les nouveautés quelqu'elles fussent, lorsqu'elles auroient été préjugées être en état de paroître sous les yeux du public; ce travail seroit trop dur à exiger des Acteurs, & Actrices; tous les essais de l'Académie Royale de Musique, soit pour les poëmes, soit pour la musique, ne se feroient donc que le cahier à la main; & une étude préalable de deux ou trois heures au plus, mettroit (à ce que nous imaginons,) les Acteurs & les Actrices, ou des Éleves déja jugés favorablement du public, à portée de remplir parfaitement les vues de l'Académie pour les essais; finissons.

Nous le répétons avec confiance, les moyens que nous venons d'indiquer rapidement, & qui seroient encore susceptibles de développemens propres à faire mieux sentir leur *utilité*, & *nécessité même*, nous paroissent d'un succès assuré, pour arriver

arriver au grand but de réforme en tout genre, que se propose la nouvelle Administration de l'Académie Royale de Musique, pour la restauration & la gloire de ce Théatre, réforme indispensable, & dont la nouvelle Administration sent toute l'importance. Nous n'aurons qu'à nous applaudir de notre travail, & de notre zèle pour la revivification de l'Opéra, si aidé des lumieres du public sur ce travail, il daigne en même temps nous manifester son vœu, & nous suggérer des moyens mêmes plus heureux (a) à employer pour seconder les efforts de la Compagnie chargée par le Souverain, de veiller à la conservation de l'un de nos plus brillans Spectacles, où les Arts, les talens, & la beauté y étalent aussi un concours plus magnifique & plus digne de l'empressement de la Capitale, & de l'admiration des Étrangers.

(a) Il n'y a sans doute que de la reconnoissance à avoir pour ceux qui en écrivant ne songent en effet qu'à éclairer leurs semblables, & à réunir de communs efforts *pour édifier, & arriver au mieux ;* mais pour ceux qui ne se plaisent qu'*à objecter*, *combattre & détruire*, sans autre dessein que de *poursuivre le néant*, & de nous faire *éternellement désespérer du bien*, & de couronner d'*utiles projets*, on ne peut alors vouer cette classe d'hommes-là qu'au souverain mépris, & jamais on ne leur doit de réponse.

NOTES PARTICULIERES.

[1] Pag. 13. En comparant les grandes choſes aux petites, ne pourrions-nous pas attribuer à la même cauſe les ſuccès ſoutenus des deux petits Spectacles forins qui nous reſtent, celui d'Audinot & de Nicolet? Il ſemble que partout où il y a pluſieurs maîtres, la diverſité dans la maniere de ſentir, de voir, & de juger, & dès-lors les *combats* d'opinions entraînent toujours les mauvais ſuccès, & la décadence des plus heureux établiſſemens. Il en eſt de même du gouvernement des Empires.

Que l'on voie auſſi combien les *gouvernemens intérieurs* de nos Comédies Françoiſe, & Italienne, ſont aujourd'hui orageux, & remplis d'abus, depuis que la puiſſance s'eſt partagée entre tous les membres, & qu'entre ces membres il ſe rencontre encore des individus, qui même en paroiſſant prendre l'opinion de leurs aſſociés, maîtriſent les ſuffrages, & les décident toujours pour ce qui leur plaît ou leur deplaît. Sans des coups d'autorité, ou ſans beaucoup de peines, & de patience de la part des Auteurs, aurions-nous au théatre François l'*Œdipe* de M. de Voltaire, *Mérope*, *Mélanide*, le *Philoſophe marié*, le *Glorieux*, la *Mètromanie*, ſur-tout, lue par ordre d'un Miniſtre, & l'*Hyperméneſtre* de M. le Mierre, qu'un Prince auſſi grand par ſa naiſſance, que chéri pour ſa bonté, & ſa protection envers les gens de Lettres, fit recevoir & jouer? Nous pourrions joindre une plus ample liſte de bons ouvrages dédaignés, ou rejettés ſouvent par le caprice de quelques tyrans de la ſcene, & même de leurs camarades; ou retardés par les inimitiés, & les diviſions intérieures des Troupes; mais cette énumération nous meneroit trop loin, & sortiroit des bornes de notre plan.

Nous ne pouvons cependant terminer cette note sans avertir que de semblables orages à la Comédie Italienne, & le peu d'union qui regne, soit dans les goûts, soit dans les desseins, & les passions des associés, soit dans leur maniere de voir, nous auroit aussi privé à ce Théatre, sans des ordres supérieurs, de la reprise de *Tom-Jones*, avec d'heureux changemens que ces Messieurs ne vouloient pas goûter, ou qu'ils étoient incapables d'appercevoir; du *Roi & du Fermier*, reçu, appris, & joué avec des difficultés incroyables, essuyées par les Auteurs des paroles & de la musique, de la part des Arcontes Italiens. Qui ne sait de même que le *Serrurier* & le *Tonnellier*, ces deux petites pieces qui ont le mérite de leur genre, & nécessaire aux ouvrages donnés à ce Théatre, n'y eussent jamais paru, sans des ordres supérieurs également donnés à la Troupe? Qui ne sait.... Qui ne sait.... &c. &c. Arrêtons-nous. Ces détails sont trop dégoutans pour nous en occuper davantage, & montrer combien dans ce brillant siecle de lumiere & de Philosophie, il subsiste d'abus énormes contre l'émulation des Beaux-Arts, & l'honneur de ceux qui se consacrent à leur culture. C'est donc par l'Académie Royale de Musique, que la réforme projettée, va commencer. Veuille le Public seconder, pour ses plaisirs, & la gloire de ce magnifique Théatre, les vues généreuses de la Compagnie qui a mission du Roi pour y travailler, & en accélérer les bons effets.

[2] P. 18. Si nous en croyons de bons témoignages, il est difficile d'imaginer jusqu'à quel point la fureur de nuire a été portée au second Opéra du jeune, brillant, & fécond

Musicien dont tout Paris avoit admiré le début dans son *Union* de l'*Amour & des Arts*.

Tout le monde a su en effet, que cet Opéra, qui eût un succès si prodigieux, fut pourtant rejetté quatre fois de l'ancienne Direction, sur le prétexte que la Musique en étoit *pitoyable*, & composée sans aucune connoissance des *regles* & des *principes*. Cette assertion au fond ressemble à celle des Matérialistes, qui soutiennent que la création du monde n'a point d'Auteur, & que la belle & constante harmonie de l'univers n'appartient qu'à l'action, & à la réaction de la matiere sur elle-même, & que c'est là tout le secret de la nature. Aussi certaine clique résolut-elle bien de se venger d'un Auteur qui acquéroit trop de gloire à son aurore, & dont la lyre étoit aussi variée & aussi douce que celle d'Anacréon. Les serpens de l'envie sifflerent en conséquence sur sa tête & tout autour de lui. Chaque jour lui faisoit avaler de nouvelles couleuvres, & empoisonnoit de chagrins son cœur. Tout ce que la jalousie, & l'intrigue ont de plus bas fut employé pour avilir, dégrader & perdre le talent. Hommes de Génie! les siecles qui vous produisent vous dévouent donc presqu'en même temps à la honte, & à l'opprobre, dont la médiocrité, & les méchans sauront toujours vous couvrir! Quelle triste récompense! pour l'honneur de ces siecles-là, & celui des nations.

C'est ainsi qu'au lieu d'avancer dans la carriere, le vrai mérite effraié dès l'entrée, recule, frémit, & se perd souvent dans l'oisiveté. Je me trompe, le vrai mérite, & le génie s'irritent des obstacles. Du moins nous aimons à concevoir cette consolante idée des Philidor, & des Gretry, ces talens d'un ordre supérieur, & que nous espérons voir bientôt reparoître sur le magnifique théatre de l'Opéra, à peu près avec cet éclat que donne le Soleil lorsqu'il est demeuré quelque temps caché derriere d'épais nuages. L'œil de la nature ne les rompt que pour mieux nous étonner, & se venger pour sa gloire & nos plaisirs d'une passagére éclipse.

Il est pourtant certain que d'excellentes nouveautés sont souvent anéanties dès leur origine, parce qu'il n'est que trop de moyens secrets, & bien connus des chefs de meutes, pour égarer le Public, & lui faire aveuglement adopter leurs décisions, quelques injustes quelles soient. Pope a judicieusement qualifié ces gens-là de *muets*, qui ne s'occupent qu'à faire des signes de tête, & d'yeux, & à souffler à l'oreille pour nuire, & étouffer tout ce que leurs amis ou partisans n'ont pas produit. C'est avec les mêmes idées, qu'en termes différens, une plume célebre de nos jours, a dit, en parlant de la facilité qu'il y a à tromper le Public, « que c'est le cheval de manége le plus aisé à *mener*, *à* » *subjuguer*, à *calmer*, à *fatiguer*, dès qu'il se trouve » *monté par des écuyers habiles*, » & les méchans sont passés maîtres dans cet art.

Aussi c'est de cette façon que le jeune Auteur de *l'Union de l'Amour & des Arts*, & d'*Azolan*, (qui ne méritoit pas moins de succès) est devenu victime, & a été forcé de pleurer sur les effets d'une gloire qui lui avoit trop tôt fait un peuple d'ennemis, & auxquels la dupperie du public a néanmoins laissé pour l'opprobre du mérite & du talent, les honneurs du triomphe.

[3] Pag. 19. Il se rencontre quelquefois des Musiciens assez niais, ou plutôt assez imbécilles pour convenir qu'ils sont incapables de travailler pour le Public, *parce que*, disent-ils, *ils ne se connoissent pas au mérite des paroles*. Ils ne disent pas tout à fait les choses comme cela; mais

quelle capacité a donc un Musicien, dont le travail est à l'Opéra encore plus pénible que celui du Poëte; encore plus chargé de parties, & des rapports de toutes ces parties les un aux autres, en sorte que la Musique & le Poëme, par la prodigieuse variété des ressorts qui les lient, & les font mouvoir, ne fassent qu'un bel ensemble, un tout admirable, si ce Musicien n'a de connoissance que dans l'art de placer des notes, & de les coudre les unes aux autres! A coup sûr cet homme-là *n'a point de génie*, & n'est pas fait pour acquérir de la réputation. Pour faire de bonne musique, une musique pittoresque, accommodée à tous les tons, à toutes les passions, & à toutes les situations d'un Poëme, il faut avoir de *l'ame*, du *génie*, & de l'*esprit*. Toutes les fois aussi qu'un Musicien manquera par la réunion de ces trois qualités essentielles, il ne sera qu'un sujet médiocre, & seulement un frivole Méchanicien dans l'art d'arranger des notes, & c'est à coup sûr celui-là qui répondra au Poëte qui lui portera des paroles; « mais travaillerai-je en sûreté? ou voulez-vous bien me laisser votre » Poëme, afin que je prenne l'attache d'*un homme d'esprit & de goût*, & que je m'assure du mérite des paroles, & de l'ordonnance du Poëme, car je ne m'y connois pas? » Fuyez alors un pareil homme; il sera incapable de donner un bel ensemble à son ouvrage, & de s'identifier en quelque façon avec ses matériaux, puisqu'il vous accuse d'avance son ineptie à juger du prix de ces matériaux, & de leur convenance avec ses talens.

[4] Pag. 23. Presque tous ceux qui ont écrit des moyens de soumettre les Auteurs Dramatiques, à des Juges plus compétens, que ceux qu'ils ont aujourd'hui, ont tantôt imaginé de leur donner le tribunal de cinq ou six gens de

Lettres choisis, tantôt même celui de l'Académie Françoise. Mais nous pensons d'abord, avec feu M. Freron, que *le tribunal de gens de Lettres choisis*, seroit encore susceptible de mille inconvéniens aisés à présumer, & qu'il pourroit se faire qu'une piece de théatre, ou Tragédie, ou Comédie, qui auroit réuni le plus de suffrage de l'Académie Françoise, n'en seroit pas pour cela plus certaine du succès devant le Public, qui dès-lors se gendarmeroit, (car il n'aime pas qu'on le prévienne) & pourroit par des sifflets concertés, déshonorer le suffrage d'une Compagnie trop respectable, & trop prudente pour jamais adopter un aussi ridicule projet, soit pour les progrès de l'art, soit pour la gloire des Lettres, & celle des Auteurs. Aussi voyons-nous qu'il n'y a de moyen, que celui que nous indiquons, pour débarrasser les Auteurs du joug de toute servitude, & connoître les véritables goûts du Public; car c'est toujours à lui qu'il en faut revenir.

Cette note contredit suffisamment les desirs de l'Auteur d'un Ecrit intitulé : *Vues d'un Amateur de l'Opéra p. 11.* Comme nous allions mettre notre Ouvrage à la Censure, l'Ecrit ci-dessus a paru, & nous y répondons sur les seuls articles sur lesquels nous différons d'opinions; car les deux Ouvrages n'ont aucune ressemblance pour le fond, & la marche, si ce n'est en ce que les deux Auteurs forment les mêmes vœux pour la splendeur, & la conservation de notre Opéra.

[5] Pag. 27. Le Public a un tel besoin de se voir en Eté hors de nos salles de Spectacles, qu'avant Torré, & l'établissement du Colisée, il se divisoit ordinairement dans tous les environs de la Capitale, à S. Cloud, à Auteuil, à Passy, à Vincennes, &c. La portion qui ne sortoit pas

ſe répandoit ſoit à nos Thuileries, ſoit aux Boulevards.

Quand nous parlons du Public, nous exceptons *la claſſe* de citoyens qui, dans tous les temps de l'année, ne connoît de principal amuſement que celui des guinguettes; encore eſt-ce le beſoin de ſe voir auſſi, qui raſſemble ce monde là au milieu des pots, & des bouteilles, qui ſont les étendards du ralliement.

Mais rien ne prouve plus particuliérement la néceſſité de ſe voir, qui preſſe le Public dont nous parlons, que ſon eſpece d'aſſiduité religieuſe à la promenade de ce qu'il appelle *les beaux boulevards.* Foule, carroſſes, dangers, chaleur, vent & pouſſiere, rien n'eſt capable d'affoiblir ſon culte; ſouvent les femmes n'en remportent que des maux de tête affreux; des robes frippées, ou ſalies; nos élégans, des regrets d'y être venus; des habits également ou gâtés, ou couverts de pouſſiere, avec une ſéchereſſe, & des maux de gorge qui n'en ſont guere ſéparables; & chacun ſe répéte chaque fois; « *mais c'eſt une choſe incroyable* » *que le goût que l'on a pour ces maudits boulevards;* » *qu'y vien-t-on faire, & quel autre agrément y trouve-* » *t-on; que le déſordre, la confuſion de tous les états,* » *la foule, & mille autres incommodités qui devroient en* » *éloigner pour toujours?* » On jure quelquefois de n'y plus revenir; mais ce ſont-là les ſermens des buveurs dont parle l'Opéra comique du Maréchal-Ferrant, & qui ſont preſqu'auſſitôt oubliés, que faits.

Il en eſt de même de la promenade des Thuileries. Elle devient inſipide au bout de deux ou trois tours d'allée, où l'on ne rencontre que les mêmes maſques, ou les mêmes figures. Cependant quoique tout le mondre convienne de cette inſipidité, retournez-y le beau jour ſuivant; la *néceſſité de voir, & d'être vu,* vous reproduira le même coup d'œil, & la même uniformité de visages. Ainsi le Public contracte des habitudes de saison qu'il ne peut rompre, *& alors c'est à vous à l'aller chercher* ; à coup sûr si vous le voulez renfermer il vous échappera, & vous n'y parviendrez jamais.

[6] Pag. 31. Revenons à la remarque de M. Linguet. Il est certain qu'il n'y a que la présence du Public qui soit capable de créer, d'enflammer & de perfectionner les talens qui se destinent à ses plaisirs. En conséquence M. Linguet renvoie les Éleves sur les Théatres de province; nous avons de la peine à croire qu'en partant de ses principes, il ne voie pas avec nous combien le vaste Théatre dont nous parlons, & qui seroit élevé sous les yeux même de la Capitale, auroit bien d'autres avantages. Nos meilleurs Acteurs de province apportent toujours les imperfections du sol d'où ils sont transplantés, & rarement ils ont le bonheur de plaire à la délicatesse, & à la finesse du goût de nos Parterres, avant d'en avoir reçu des leçons assidues, pendant deux ou trois ans, & d'avoir profité d'une infinité de remarques particulieres qui leur sont faites par beaucoup d'amis, de personnes éclairées, & qui ont le ton, comme l'on dit, *de la meilleure compagnie.*

Sur notre Théatre ce seroit le Public lui-même de la Capitale qui lanceroit les athletes dans la carriere, les encourageroit, & leur procureroit *cette perfection* qu'il desire sur nos grands Théatres; dès-lors nos Eleves se rendroient avec une noble ambition dignes des leçons du maître ; & le Maître à son tour, ne manqueroit pas de leur en marquer sa satisfaction par des applaudissemens aussi justes que soutenus.

Ici nous ne concordons encore nullement avec *ses vues*

de l'*Amateur*, qui conseille d'instituer un *Opéra ambulant*, dont tous les sujets ne rapporteroient vraisemblablement à la Capitale que *le limon* des provinces qu'ils auroient parcourues. Cette idée d'*Opéra ambulant* n'est pas heureuse à beaucoup près; la seule dénomination sonne mal à l'oreille; il n'y a évidemment que la Capitale qui soit assez habile pour former des sujets tels qu'elle les veut, & c'est sur le Théatre que nous indiquons, qu'elle se plairoit à donner ses leçons.

L'idée d'un Vaux-Hall, ou Jardins d'assemblée, établi aux dépens de l'Académie, n'est pas plus séduisante, que celle d'un *Opéra ambulant*. Et où trouver en effet, un lieu propre à construire un édifice plus pompeux, & ordonner des Jardins plus agréables que ceux du Colisée?

[7] Pag. 36. Quelqu'un objectera peut-être, 1° mais que proposez-vous là? Comment la nouvelle Administration, pour signaler l'utilité de son regne, commenceroit par supprimer à l'Opéra deux jours de spectacles par semaines, le Dimanche & le Mardi! Eh! mais l'ancienne Administration en eut bien fait autant; & dès que la nouvelle se charge de réveiller l'attention du Public, & de l'attirer par la réforme des abus qui hâtoient la ruine de ce Théatre, par la désertion des Spectateurs, travaillez donc à inventer des moyens de les amener, & de les fixer, & ne les bannissez pas au contraire tout à fait, en leur fermant au plus vîte la porte du temple que vous annoncez vouloir rendre & plus fréquenté, & plus brillant.

2° Ne craignez-vous pas que les deux autres Théatres privilégiés de cette Capitale, si vous portez au Colisée vos Spectateurs des Dimanches, & des Mardis, ne vous accusent de leur ruine, & ne s'opposent avec vigueur à vos tentatives de réforme & d'amélioration de votre chose?

Répondons par ordre 1°; c'eſt une plaiſante objection que de dire aux gens, ou faites l'*impoſſible*, ou vous ne ſerez pas plus *merveilleux* que ceux que vous remplacez. C'eſt là préciſément tout le fort de l'objection, & nous avons déja prouvé que ce ſeroit tenter abſolument l'impoſſible (& la nouvelle Adminiſtration ne tardera pas à en être convaincue ſi elle ſe laiſſe ſéduire par le ſpécieux de cette objection) que de prétendre enfermer le Public pendant les trois plus beaux mois de l'année, lui donnât-on des chefs-d'œuvre & des nouveautés, toutes les ſemaines, ce qui ſeroit un autre projet abſurde. Les autres Théatres ſont également convaincus de ces vérités d'expérience; pourquoi voudriez-vous donc alors que la nouvelle Adminiſtration ne prît pas une route plus ſage, & n'employât pas mieux ſes ſoins que l'ancienne Adminiſtration, en épargnant & du dégoût aux Acteurs, qui ne ſe plaiſent point à jouer dans les déſerts, & des dépenſes qui ne ſeroient qu'à la charge du Théatre ſans profit?

2° Quant à l'oppoſition des autres Théatres au projet de la nouvelle Adminiſtration de tirer hors de la ville un meilleur parti de deux de ſes jours, qu'elle rendroit plus lucratifs, & plus utiles à ſes grandes vues de reforme, on ne penſe pas que cette oppoſition allât bien loin. En effet, que l'Académie uſe dans toute ſon étendue de l'exercice de ſon privilége à la ville, ou hors de la ville, ou dans les fauxbourgs, tant qu'elle ſe renfermera dans le droit de la propriété, quels autres ſpectacles pourront raiſonnablement la contredire? Il y a long-temps que l'axiôme du *qui peut le plus, peut le moins*, a levé de ſemblables difficultés. Si l'Académie en eſſuyoit, en n'abuſant point des droits de ſon privilége, il ne lui ſeroit pas difficile de les faire diſparoître, & nous ignorons ſeulement comment nous avons eu le courage de nous expliquer sur les moyens qui militeroient en faveur de l'Académie, au cas d'une aussi pitoyable opposition. D'ailleurs qui empêcheroit les autres Spectacles d'imiter la conduite de la nouvelle Administration de l'Académie Royale de Musique, & de profiter au même lieu, & par les mêmes moyens des avantages infaillibles qui résulteroient des mêmes tentatives pour leurs doubles, les débutans & le dégorgement facile de leurs nouveautés accumulées, engorgement actuel qui détruit l'émulation, & qui ne fait pas la richesse de nos Théatres, & de notre Littérature, à beaucop près.

[8] Pag. 38. Mais, nous dira-t-on, *bene sit;* coupez, taillez, & tranchez toutes les branches de l'arbre, qui périra, si vous ne le débarrassez des parties qui altéreront les sources de sa vie, & en détruiront les sucs nourriciers. Mais de l'arbre de l'Opéra, comment en ôteriez-vous, par exemple, Mlle ***, Mlle ***, Mrs ***, si ces membres-là refusoient de coopérer à vos vues d'utilité publique, & à la récréation que vous méditez? Qui les remplaceroit? comment feriez-vous? que deviendriez-vous?

La réponse, pour engager ces membres-là à contribuer de leur mieux au succès des efforts de la nouvelle Administration est déja faite, & écrite dans le nouveau réglement. C'est par l'intérêt personnel que l'on s'assure communément, & efficacement de la conduite, & du zele des particuliers; mais enfin si cet intérêt étoit sans poids, & si les membres en question ne cédoient à aucune considération, à aucun motif de se bien comporter, je ne vois pas alors qu'il fallut tout perdre pour les conserver. La nouvelle Administration seroit bien fondée à recourir à une sevérité, & à un éclat qui ne pourroient qu'être infiniment agréables au Public, dès qu'il seroit instruit des causes de la rigueur avec laquelle on auroit puni les rebelles; car le Public est fier, & comme ce seroit lui avoir essentiellement manqué à lui-même, que d'avoir refusé le service à une Compagnie qui ne veut s'occuper que de ses plaisirs & des moyens assurés de les multiplier, il arriveroit que ce Public dès-lors prendroit, s'il nous est permis de nous exprimer de la sorte, *le fait & cause* de la Compagnie, & auroit bientôt oublié ceux qui se seroient mis dans le cas de mériter sa disgrace; il en a déja donné mille preuves dans des cas semblables, & dont nos histoires & anecdotes de Théatres sont pleines. Nous en convenons, les grands & utiles sujets sont beaucoup à ménager; mais aussi l'impunité, & la dépendance des supérieurs vis-à-vis des inférieurs, ont des suites funestes qu'il importe de prévenir, & qui ne sont jamais tolérées par toute puissance éclairée sur ses véritables intérêts; autrement il n'y a point de bien à faire, & il faut absolument y renoncer.

Sur-tout il est besoin à l'Opéra de la plus grande harmonie dans la volonté des supérieurs; la prospérité de ce Specctacle n'en dépend pas moins, que de la fermeté dans l'exécution des réglemens; personne ne disconviendra aussi que ce Théatre ne soit vraiment en cette Capitale le plus difficile à conduire, & à discipliner, par le nombre des Sirennes qui y dominent, & dont les promontoires seront toujours d'une approche périlleuse pour les vaisseaux les mieux conditionnés, & les Pilotes les moins faits pour commettre des fautes, tant qu'ils n'imiteront pas la prudence d'Ulysse, en prenant l'intérêt de la chose publique *pour mât*, & *en s'y attachant* avec autant de courage, que d'insensibilité.

[9] Page 43. L'Amateur dans l'écrit déja mentionné, page 20, voudroit introduire le mariage des *Opéra Comique* avec notre grand Opéra, c'est-à-dire, donner les premiers sur le Théatre de l'Académie, comme *petites pieces*. Ce projet n'est pas plus à goûter que celui d'un tribunal de gens de Lettres pour juger leurs confreres. La raison se puise d'elle-même dans la distinction essentielle des genres, quoique la Musique en soit la mere commune. Il arriveroit que la maternité de la Musique les confondroit bientôt, & ne voudroit plus de différence; ou plutôt il résulteroit de la communauté du domicile, que le frere cadet voudroit l'emporter sur son aîné, & réussiroit peut-être à l'exterminer; ou bien il en naîtroit des monstres, que l'on seroit embarrassé de dénommer, comme il est arrivé du *genre mixte*, introduit à la Comédie Françoise, depuis qu'on a voulu bisarrement accoupler *Thalie* & *Melpomene*; genre que l'on a fini par appeller *Drame*, ce qui n'avance pas beaucoup la définition, car une *Comédie*, & une *Tragedie* sont aussi des *Drames*, mais genre qu'il importe beaucoup à la gloire de Lettres, & pour l'honneur du goût, & du théatre François, de tellement persécuter, que les sots qui l'admirent, soient enfin étonnés de la révolution, & convaincus qu'il n'y a rien de plus aisé, que d'être guindé, & romanesque; rien de si difficile au contraire, que de bien saisir les nuances de la belle nature, & d'être un Philosophe très-profond au Théatre, sous le masque jovial du rire, & des graces.

Mais revenons à nos moutons. Il y a tout à parier que si jamais l'Opéra Comique devenoit en quelque sorte *Garde du corps* à l'Opéra, la confusion des genres que nous venons d'indiquer, ne manqueroit pas de s'opérer avec la même rapidité, qu'elle s'est consommée même à la Comédie Italienne, lors de la réunion de l'Opéra Comique du *petit genre*, tel qu'on le voyoit aux Foires. Les *Toinettes*, les *Jérômes*, les *Lucas*, les *Blaiſe-Savetiers*, n'ont preſque plus oſé reparoître, ſitôt qu'ils ont été au ſein de la Ville. Les Auteurs à leur tour ont voulu s'agrandir avec le Théatre, & y prendre un ton plus élevé. Dès-lors il leur a fallu des ſujets du plus haut tragique; des *Silvains*, des *Fuſils*, des *Priſons*, des *Batailles*, des *Héros*; je crois même qu'il y a un Auteur qui traite actuellement à la du Rozoi, UN CROMWEL, & qu'on verra ſur la ſcene tout un Parlement aſſemblé pour décider du ſort, & faire abattre la tête de la premiere perſonne de l'Etat. O! ... ô! ... ô! ... que cela ſera grand, ſuperbe & curieux à voir! Un mauvais CALAMBOURDIER ſur cet article nous obſerva que ce ſpectacle, fidelement tranſcrit de l'Hiſtoire, ſeroit tout au moins auſſi pertinent à voir que la *Bataille d'Ivry Gaſton & Bayard*, & les *Mariages Samnites*, chefs-d'œuvre attendu du même Auteur; ce ſera au Public à en juger. Ainſi que deviendroit l'Opéra ſi vous mêliez ce genre d'intermede avec le caractere qui lui eſt propre? Il en faut abſolument convenir; bientôt nous n'aurions plus de genre, ni de diſtinction de genre, comme le veut M. Mercier; & il faudroit alors s'écrier en *chorus*, avec feu M. Freron (qui ne tourmentera plus les bons Auteurs de ce ſiecle, à moins que quelqu'un de ſon ſang, ou M. Clément ne lui ſuccéde) *tombez murailles qui ſéparez les genres, &c.* Voyez cet article dans une des Feuilles de ce défunt Corſaire d'Alger, qui à l'exemple de l'Abbé des Fontaines, & d'autres actuels Journaliſtes, (mourant de faim comme lui) ſe faiſoit un mérite de ramer.. de courir ſur tout les GÉNIES de ce ſiecle; de mettre leurs petites nacelles à ſac, ou de les couler à fond, après n'y avoir trouvé qu'un très-modique butin pour le dédommager des frais de la guerre. Ce feu M. Freron écrivoit en outre des manifestes pour justifier sa guerre *aux genies*, & les écrivoit d'un style... mais il n'est plus. Craignons toujours de confondre les genres, & de finir par ne plus avoir de bonnes liqueurs en voulant trop les mêler. Les Maltôtiers par-tout ne seront jamais que des fléaux, & des pestes publiques.

P. S. Des personnes viennent de nous assurer que pour aller plus vîte, & sur le champ avoir de *beaux Opéra*, il n'y auroit qu'à faire venir de grands Musiciens d'Italie. Nous répondons que ces Musiciens-là, 1° ne forceroient jamais le Public à s'enfermer pendant l'été au Spectacle. 2° Que si cela réussissoit daus le commencement, le Public ne tarderoit pas à retourner à ses premiers goûts, qui sont de se promener, & de respirer le bel air pendant l'été. 3° Enfin, ces Musiciens, fussent-ils des *Pergoleze*, des *Picini*, & des *Sachini*, ne tarderoient pas, comme le Chevalier Gluck, à éprouver que l'enthousiasme n'est pas durable chez nous. Les Nationaux que nous croyons avoir tout autant de talens que les Etrangers, seroient justement humiliés de ces préférences ignominieuses, & leurs amis les serviroient comme de raison; d'où il faut se garder de mander exprès des Etrangers, si on veut leur éviter des désagrémens qui les renverroient bientôt dans leur Patrie. Qu'ils viennent d'eux-mêmes lutter chez nous & avec nous, pour nous disputer la gloire de se faire admirer, & d'être admirables, à la bonne heure. C'est de cette façon que nous chérissons, & que nous admirons les talens charmans de M. Gretry; autrement il eût échoué, & d'insurmontables cabales l'eussent promptement fait repasser dans son pays.

RÉFLEXIONS SOMMAIRES

Sur quelques articles du nouveau Réglement pour l'Académie Royale de Musique, du 30 Mars dernier.

Le préambule de ce Réglement annonce, & la protection manifeste du Prince pour le Théatre qu'il s'agit en quelque sorte de récréer, & l'intelligence de MM. les Commissaires choisis pour répondre à l'attente du Souverain, & aux vœux du Public : sur-tout ce Réglement donne les plus amples pouvoirs *de maintenir les différens sujets de l'Académie dans la subordination nécessaire à tout établissement nombreux, & dans l'exactitude qu'ils doivent apporter à remplir leurs devoirs.* Ainsi les Auteurs, & les nouveautés, pour leurs succès, ne dépendront plus du caprice, & du joug qui leur étoit ci-devant imposé par une multitude de subalternes, & de sujets de l'Académie : tout sera par conséquent dans l'ordre.

L'Art. IV est une confirmation littérale des pléniſſimes pouvoirs ci-dessus mentionnés : cet article enjoint d'obéir sur le champ, & par provision, aux ordres des Supérieurs : c'est de cette maniere que Lulli a si bien conduit cette machine.

L'Art. V menace du châtiment les refractaires aux ordres donnés: bon article ; mais il ne suffit pas qu'il soit écrit ; tous les Gens de lettres, & Musiciens, esperent qu'il sera sans doute fidélement exécuté.

L'Art. VII fixe des classes pour la distinction du vrai mérite parmi les Acteurs pour qui l'ancienneté ne sera plus un titre de préférence ; les talens seuls l'obtiendront. Les talens sont donc assurés, dès-à-présent, d'une protection distinguée de MM. les Commissaires du Roi, & MM. les Commissaires n'ont plus à craindre de manquer d'excellens sujets.

Les beaux articles ! Que les art. XII, XIII, XIV & XV, & qu'il sont dignes de la sagesse des nouveaux Administrateurs pour inspirer une noble émulation à tous les sujets qui ont de la capacité, & l'amour de leur état, & qui voudront encore augmenter leurs honoraires, appas si efficaces, comme nous ne pouvons trop le répéter, pour faire enfanter des prodiges, & maintenir dans les hommes cette ardeur qui leur est si nécessaire pour se signaler, & tendre vers la perfection !

Les Art. XVIII, XIX & XX concernent les encouragemens & les récompenses promises aux Auteurs, tant des paroles, que de la musique ; en voici le texte littéral : il est trop précieux aux Gens de lettres, & aux Compositeurs de musique, & assure à MM. les Commissaires trop de reconnoissance de la part de tous, pour ne point transcrire en entier ces articles.

Art. XVIII.

L'encouragement des Auteurs étant un des moyens qui peut le plus contribuer à la perfection & à la variété du

Spectacle, Sa Majesté a jugé à propos d'augmenter leurs honoraires, de les fixer de la maniere suivante.

Art. XIX.

Chacun des Auteurs, soit du Poëme, soit de la Musique d'un ouvrage qui remplira la durée du Spectacle, recevra pour chacune des vingt premieres représentations 200 livres, pour chacune des dix suivantes 150 livres, & 100 liv. pour chacune des autres.

Veut en outre, Sa Majesté, que dans le cas où le nombre des représentations excéderoit sans interruption celui de quarante, il soit payé à chacun des Auteurs une gratification de 500 liv.

A l'égard des ouvrages en un acte, les honoraires seront fixés à 80 livres pour chacune des vingt premieres représentations; à 60 livres pour chacune des dix suivantes, & à 50 liv. pour chacune des autres qui se feront aussi sans interruption: entend néanmoins, Sa Majesté, que l'administration ait la faculté de faire discontinuer les représentations de chaque ouvrage quand elle le jugera à propos.

L'édition du Poëme appartiendra à l'Auteur pour la premiere mise au théatre seulement, à la charge par lui d'en fournir *gratis* 500 exemplaires en feuilles à l'administration pour les distributions ordinaires, & de se servir de l'Imprimeur de l'Académie, ainsi que des Distributeurs ordinaires.

Art. XX.

Sa Majesté désirant donner de plus en plus aux Gens de lettres, & aux Compositeurs de musique des marques de la protection qu'elle leur accordera dans tous les temps;

veut qu'à l'avenir les Auteurs des Poëmes & de la Musique qui auront fourni trois *grands ouvrages*, dont le succès aura été décidé pour les faire rester au Théatre, jouissent, leur vie durant, d'une pension de 1000 livres, qui augmentera de 500 livres pour chacun des deux ouvrages suivans, & de 1000 livres pour le sixieme.

Nota. Nous souhaiterions que ces termes génériques de *grands ouvrages*, assignassent des idées plus nettes: une *Tragédie*, un *Ballet Héroïque* en *trois actes*, sont regardés communément comme de *grands ouvrages*, parce qu'ils fournissent seuls un Spectacle complet: la qualification de *grands ouvrages* ne s'appliquera-t-elle au contraire qu'aux Tragédies en cinq actes? Voilà le doute que résoudra vraisemblablement la sagesse de MM. les Commissaires, afin que les Auteurs aient *une juste idée* des honorables récompenses qui les attendent au bout d'une carriere aussi péniblement, que glorieusement fournie, d'après le vœu de l'article, qui leur devient le garant solide de ces récompenses.

Les Art. XXI & XXII prononcent des amendes contre ceux des sujets qui auront manqué aux répétitions, & ces peines ne sont qu'une suite nécessaire de l'infraction des devoirs.

L'Art. XXVII, sur les congés, pare à de grands abus, & il étoit bien important d'y pourvoir.

L'Art. XXX concerne les écoles de l'établissement desquelles nous parlons nous-mêmes aux pag. 15, 16, 17, 18, 19 & 20.

L'Art. XXXIX est encore très-essentiel à connoître pour les Auteurs, & nous allons le transcrire, afin qu'ils aient à arranger leurs desseins & leurs espérances sur le texte de cet article.

« La miſe des ouvrages dans la ſaiſon propre à chacun, » étant un objet très-important, l'Adminiſtration fera tous » les ans deux répertoires, l'un pour les ouvrages d'hiver, » & l'autre pour les ouvrages d'été. Le répertoire d'hiver » ſe fera pendant la vacance du Théatre, & celui d'été, » dans le courant du mois de Décembre. »

En général, ce Réglement eſt marqué au coin de la plus ſage & de la plus belle légiſlation; & il peut devenir un gage, s'il eſt bien exécuté, de la reſtauration progreſſive dont l'intelligence de MM. les Commiſſaires eſt chargée par le Souverain, & que le Public eſpere du déſintéreſſement, & de l'infatigabilité de leur zele.

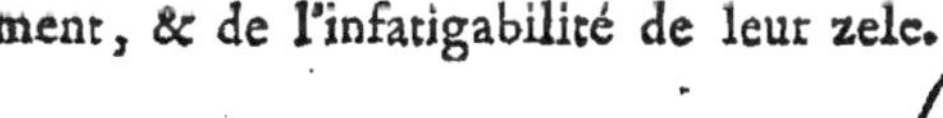

www.ingramcontent.com/pod-product-compliance
Ingram Content Group UK Ltd.
Pitfield, Milton Keynes, MK11 3LW, UK
UKHW020326220726
13923UKWH00003B/1395

9 782329 070063